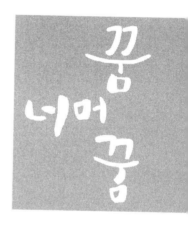

정랑 **윤효순** 첫 번째 시집

도서출판

여울아라 15/힐링〈healing〉

한톨 김중열 리더님 그리고 회원님 고맙습니다.
2017년 여울아라 밴드에 가입하여 글을 쓰기
시작했습니다.
무식하면 용감하다고 무작정 생각킨대로 쓰다 보니
많은 습작이 도움이 되었습니다.
밴드에 올린 글을 읽어 주시고 느낌도 달아주신 많은
문우님들 덕분에 여기까지 오게 되었습니다.
그리고
힘을 실어준 가족이 있어 가능했습니다.

사랑합니다.
고맙습니다.

첫 시집 발간이 순조롭게 진행되기를 기도합니다

2022년 4월 정랑 **윤효순**

목
차

사랑이여라 009
이 마음이야 010
사랑으로 011
식구 013
봄 향기 014
잊지 마세요 015
이치理致 017
존재하기를 018
바람아 019
봄 바람 021
청춘 022
내일이 오면 023
지나간 것들의 소중함 025
봄 026
한 번만 더 027
마약 같은 사랑 029
나눗셈 030
별호別號 031
그림자 033
님이 있기에 034
엄니 양푼 국수 035
바람이 불어야 037
여름 038

백년 손님 039
길 041
장독대 042
바보탱이 황새 043
잊지 않으려 045
말이 없는 사랑 046
물처럼 047
젖은 낙엽 048
현실現實 049
좋은 에너지 051
꽃이 되고 싶어 052
작은 소망 053
안부 054
그대를 알고부터 내가 컸어요 055
도라지 꽃 057
오늘 감사 058
신앙信仰 1. 059
신앙信仰 2. 060
시들지 않는 꽃으로 061
순리 063
여유창창餘裕蒼蒼 064
죽은 나무 065
천냥 빛을 갚는 말 066

자화상 067
묵은지 069
사랑가 070
꿈 어서 오소서 071
사람공부 072
콩깍지 073
큰 오라버니 075
병아리 시인 076
어떤 그리움 077
허상虛像 078
할미는 까치다리 079
갈 길은 멀어도 081
필통 연가 082
가슴 뛰는 삶 083
잉태 084
시나브로 085
안녕 주정뱅이 087
싱그러운 5월 088
말도 안되는 소리 089
출렁이는 달빛 연가 090
어머니 091
꽃 늪의 배 093
초경 094

생존 095
메모 096
푸념 097
슬픔 099
결혼 100
천사 101
공수표 102
딸 1. 103
딸 2. 105
부부 106
인내 107
메세지 108
시련 109
역경 111
정치 112
혼돈 113
한번만 114
껌 115
해가 뜬다 116
왜 사는지 말해줄게 117
꿈 너머 꿈 118

희망을 습관화 하라.
희망이 습관이 되었을 때,
행복한 영혼을 영원히 가질 수 있다.

노먼 빈세트 필(Norman Vincent peale, 1898~1931)
미국의 작가이자 '만인의 성직자' 로 불리는 전 세계적인 연설가.

사랑이여라

고운 바람결에
살포시 안기운
어여쁜 꽃잎 사랑

세상 물정 모르고
바둥대던 시절
뒷 방으로 물리우고

어여쁜 꽃잎 안으려고
사랑 찾아 봇짐 동여 메고
길섶 풀 헤치우고
큰 길을 나선다

희 노 애 락
겹겹이 앉히였던
숨가쁘던 나날들
가슴 열어 제치우고

고운 꽃잎 맞이하려
아침 이슬 볕에 마를까
젖 가슴에 보듬어 품는다

〈 2017년 첫 외손녀 출생 기념 시 〉
처음으로 글을 쓰게 된 동기이며
새 생명에 대한 외할머니의 사랑을 표현

이 마음이야

꼬맹이 모습을 보노라면
오늘도 할미가 쓰러집니다

사랑스러움이 풀풀
꽃 보다 더 어여쁜
표정 하나에 사로잡힌
행복한 오늘 감사합니다

내일 아침은
어떤 표정과 몸짓으로
품에 안길지
사랑의 기쁨으로
꿈을 긷는 꼬마 요정

특별하지 않는 평범함속에
사랑을 심는
할미의 꿈 입니다

〈 2021년 친손녀 출생 기념 시 〉
아들 내외 결혼 7년만에 얻은 친손녀
친할머니의 사랑을 표현

사랑으로

서로를 위하는 마음
사랑한다고

따순 말 한마디
가슴을 타고 내릴 때
기분이 좋아집니다

다소 부족함이 있더라도
사랑으로 감싸주는 마음
최고의 선물 입니다

사랑합니다

지금 표현 한다면
하루가 기분 좋아지는
행복 입니다

나약한 태도는 성격도 나약하게 만든다.

알버트 아인슈타인(Albert Einstein, 1879~1955)
독일 태생의 이론물리학자 1921년에 광전 효과에 대한 공로로
노벨물리학상을 받았다.

식구

얼시구 좋구나
벌 나비는 꽃을 찾아서
사랑으로 날아 오르고

명절 쇠느라 정성 다하기를
식구를 위해 어미의 사랑
허리 고부리고 종일 꼼지락 거리니

평생 친구 말을 건넨다
'어이 조금만 장만 허소'

아비어미 찾아 뵙는다고
먼 길 마다하지 않으니
상다리 휘어지게 야단법석

내 것 다 주고도 줄것이 없는지
온 종일 동당거리는 어미
할머니도 어머니도 그리 사셨다

대代를 이어 복을 짓는
고귀한 마음이 잉태되는 사랑
맑고 밝게 흘러가기를

봄 향기

꽃 바람 부는 날에는
언덕 넘어 오시는 임
오붓하게 맞이할까 봅니다

노들강변 길섶으로
흐드러진 야생화
임의 신부로 마중 하려나 봅니다

산야에 흐드러진 작은 꽃망울은
임의 향기 즈려 놓은 자리
아리따운 여인이 거두어 따를까 봅니다

잊지 마세요

스치는 인연
무심하게 잊어 버린적 있었지요
세월 지나 하이얀 머리털
송골송골 돋우니 철이 드나 봅니다
세파世波에 얽혀진
부끄러운 욕심만 가득했던 젊은 날
자만하여 시간 중한지 잊었지요
생전 늙지 않을것 처럼
소중함을 소홀히 했음을 고백합니다

미성숙 그늘에서 벗어나
다양한 인연들 앞에 정을 담는 인연
사랑하며 소중히 여기는
작은 인연에 성실을 쌓아가는
그런 날이
오늘부터면 더 좋겠습니다

사람은 남을 칭찬함으로써 자기가 낮아지는 것이 아니다.
도리어 자신을 상대방과 같은 위치에 놓는 것이 된다.

괴테(Johann Wolfgang Von Goethe, 1749~1832)독일의 작가. 철학자.자연과학자.
미술연구가.독일 고전주의 대표자로서 세계적인 문학가이며 자연연구가.
서양철학과 문학을 논할 때 절대 빼놓을 수 없는 인물.

이치理致

우뚝 솟은 산은
작은 도랑이 강을 돌아
바다에 이를 때까지
거슬러 오르지 못함을
받아 들이라 하네

존재하기를

해와 달
밝음도 어두움으로
아쉬움 접어 하늘에 띄우기를

희망을 품고서
앞만 보고 걸으라는 소리는
귓전에만 맴도는 희망가 이련가

해넘이에 엎어질 별
꿈을 꾸는 아해처럼 피어나기를
탐하지 않는 공든 탑 쌓아 가리니

바람아

긴 터널
겨울은 저만치
찬바람 시립다 밀치고
삐쭘히 타고온 햇살이 뜨시다

잔설殘雪 녹여든 초근목피
움 돋는 소리를
바람에게 듣는다

지식보다 중요한 것은 상상력이다.

알버트 아인슈타인(Albert Einstein, 1879~1955)
독일 태생의 미국 이론물리학자.

봄 바람

남쪽 바다 멀리 그대 있나 봅니다
불어오는 바람은 봄까치 꽃
애무愛撫로 향기 머금는 바람 입니다

살풋한 포옹으로 바람과 함께 흩어지는
달콤함은 그대의 사랑인가

아리따운 꽃잎 간지렵힘은
오붓한 연인의 속삭임

함초롬히 피어난 그대의 꽃 이련가
보랏빛 윤슬 뚝뚝

그대 가슴에 심겨 놓은
첫 사 랑
봄 바람 타고 언제 오시나요

청춘

젊음이 홀로인적 있었던가
술 친구 좋아 밤낮 싸돌아 다닌적 많았다
모래알도 씹어 먹어도 될
탄탄한 젊음이 있었다고

늙음은
푸욱 삶은 늙은 호박에
잇빨도 안들어간 푸념을 한다고
마눌님에게 쥐여 터지는 영감

허물 투성인 삶
다른 사람에게 받았던 복을
헤아려 본적도 없다던 젊음과 늙음
생의 전환점에서 소리 치기를

다시 시작하는 거야
무지개 옷을 꿴다

내일이 오면

사람사는 애깃거리
벽을 허무는 것
또는
벽을 쌓고 살고 있는지

혜안慧眼으로 이어지는 길이라면
오죽 좋을까요

바램이 때로는 욕심이 되지 않을까
중첩된 형태로 이어지는 줄도 모르고
살지는 않았나요

우매함이 되지 않기 위하여
돌아 보고 다져보는 다짐
햇살 품은 따신 마음 입니다

맑고 향기롭게 피어나는
마음 도량度量 한 걸음이
오늘의 꽃 입니다

다른 사람이 나를 어떻게 생각할지는
결코 내가 간여할 문제가 아니다.

엔드류 메튜스(Andrew Matthews 1958~)
세계적으로 유명한 동기부여 전문가 '행복을 그리는 철학자'로 불리는
베스트셀러 작가이며 만화 예술가, 국내에도《마음 가는 대로 해라》로
소개 됐다.

지나간 것들의 소중함

낡디 낡은
초라한 물건들이 좋아진다

빛이 바랜 흑백 사진의
촌스러움이 정겹고

깔끔함 보다는
털털함이 편안하다

새 것 보다는
헌 것에 익숙하고

누추한 사진첩의 기억이
숨을 쉬며 나이를 먹는다

봄

추운 겨울을 견뎠기에
봄이 왔다 봄이 와서
꽃이 피는것이 아니고
꽃이 피니 봄이 왔다

꽃 피는 봄에
웃음꽃이 많이 피었음 좋겠다
추운 겨울을 그 작년 작년
올해 겨울도 견디었다

꽃 피는 날에
배 띄워 돛을 달기로
꽃 바람 부는 날에
사랑하자 꼬셔댄다

한 번만 더

오늘 봄 볕
어디로 숨었냐

갑갑한 심산心山은
나도 그럴것이고
너도 그럴것이다
조금만 힘을 내봐요

동녘에 해뜰 때
어둠이 사라지 듯
희망의 날 오늘부터라고
주문을 외우면 어떨까요

무엇에 대한 불신은 또 다른 무엇에 대한 맹신에서
비롯된다.

게오르그 리히텐베르크(Georg Christoph Lichtenberg 1742~1799)
독일의 물리학자 계몽주의 사상가.

마약 같은 사랑

이런 힘이 어디서
지치지도 아니한 것은
뭘까
내 안에 또아리
조건 없는 사랑
그냥
달리고 달렸을 뿐인데

설움 한 조각 서걱서걱 빙수마냥
녹여 삼키고 나면
흐르는 물처럼

물은 말이야
높은 곳에서 낮은 곳으로
바람은 말이야
낮은 곳에서 높은 곳으로

세상 이치理致에
감동이 될 때
그때가 가장 멋진 순간이야

나눗셈

바람속으로 파고 든
짠내
바닷가를 걸으며 주절주절
무엇을 생각하는가

이렇게
피었다 또 피어나기를
갈망하는 우리 또래의
애환

서로 보듬고 아파할 때
일어설 수 있는 힘이 된다면
삼태기로 퍼 나르고 싶어지는 것
마음을 보태는 나누기 사랑이라고

조금만 견뎌 보자고
주문을 외운다
가라앉지 말고 날아 오르자
너와 나의 삶이니까

별호別號

세상은
기구한 운명을 두고 회자되는
이를테면
뼁이 좀 들어가야 귀가 쫑끗

서시, 왕소군을 일컫는 침어낙안沈魚落雁
초선, 양귀비를 일컫는 폐월수화蔽月羞花

한 세상 살고 지는데
별칭 하나 없다면야
재미 없지 않겠는가
환장하게 만드는 그 무엇

솟구치는 열정으로
쳐져 있지 않고
미친 듯 달리는 것도
멋진 삶이 아니겠는가

꿈을 향하여 오소서

오랜 시간 꿈을 꾸는 사람은,
결국 그 꿈과 닮아가게 되리라.

프리드리히 니체(Friedrich Wilhelm Nietzsche, 1844~1900)
독일의 시인이자 철학자.

그림자

서산 마루에 걸린 해는
세상사 빼곡히 비취인 밝음은
제 몸을 불 사르고 산 너머로 간다네

사그라진 해는 빛들의 잔영으로
황혼 빛으로 덮이우고
곱게 덮인 노을은
질곡스러이 스며진 삶의 가락歌樂인가

질투의 화신처럼 금새 어둠이 덮힌다
흐끗한 달이 산 날맹이에
어슴한 먹물빛 그림자로
별이 되었을까나

부를 수도 만져볼 수도 없는
그림자
내가
보고픈 너인가 보다

님이 있기에

기다림이란
파아란 물빛에
그리고
파아란 하늘에
내가
그려넣고 싶을만큼
그리는 것이다
크게 크게
더 크게
사랑이 그러니까

엄니 양푼 국수

톱톱한 막걸리 한 사발 기울이고
국수가락 양은냄비에 부르르 삶아
얼갈이 김칫국물에 훌훌 말아
들지름 두어 방울 꼬순내
콧구멍 들창이 들쑥날쑥
폴폴거려 꼬숩다

더듬어 보기를
엄니 옆에 출삭대는 계집아이
땀 냄새 찌리한 것은 엄니 향수
작두샘 펌프질 마중물처럼
마음 깊은 곳에
두레박을 내린다

퍼내도 품어져 나오는
엄니의 냄새는
또 다시 고인다
열심히 사셔서 더 진해진 향수
억만금을 준다해도 팔 수 없는
옹달샘 그리움이 푸르다

무엇이든 그 값어치는
우리가 그것을 위해 내놓으려고 하는
인생의 분량과 같다.

헨리 데이비드 소루(Henry David Thoreau 1817~1862)
미국 사상가 겸 문학자.

바람이 불어야

바람이 머무는 하늘
매지구름 속으로 숨어 버린
은빛 금빛의 달 꽃은

어느 소녀의 꿈이었을까

햇살을 받고 피어난 무성한 푸른 잎은
열매 성그는 가을을 내심 바라고 있을지도
부채질 하던 팔뚝이 잠을 좇아 느려진다

밤이 깊어야 새벽이 열리고
닭 모가지 부러질 듯 홰를 치는 울음은
새 날 희망을 이루는 아침

비와 구름 바람에 후들겨 맞는다
뇌성 번개 무서리 내려도
쨍 볕에 목마름을 아는만큼 뿌리가 깊을 거라고

여름

청청한 하늘에 닿을 듯한
숲이 짜늘인 녹음방초
푸르름이 청춘처럼 시원스럽다

대숲의 나무처럼
검푸른 바다처럼
삶도 곧고 푸르렀는가

백년 손님

정서방아 후딱 오그라
예쁜 백년 손님 먹이려고
재래시장 가다말고 드럼실로 향하는 장모
농땡이 땡땡이 쿵치타치 쿵쿵타치

음악을 모르니까
용감하게 두들겨 봤는디
제목 치부책에 적어 봐라잉
'두 바퀴로 가는 자동차'

배추는 쪼매 있다가 살거라고 알것제
느그 장모 신난거 보이제
이쁜 도둑 정서방아 먹고 싶은거 없나
장모 쌈짓돈으로 다 해주고 싶다

이 세상 부모 마음
다 같은 마음
새끼 키워 보면 안다 알았제
신바람 난 장모 이제 장보러 간다

미래는 현재 우리가 무엇을 하는가에 달려있다.

마하트마 간디(Mahatma Gandhi, 1869~1948)
인도의 민족운동 지도자이며 인도 건국의 아버지 남아프리카에서의
인종차별에 대한 투쟁으로 유명해졌다.

길

걷고 싶을 때
아무런 준비도 없이
그냥 떠나고 싶을 때
그런 날이 오늘

걷다 보면
꽃 길도 만나고 돌짝 밭도 있으니
뛰어가지 말고
뚜벅뚜벅 걸어가라

장독대

질그릇 투박하여도
피고지는 세월속에
인고의 강물 퍼 담기를

인내로 뚝뚝 떨어진
인생년수 헤아릴 즈음
항아리에 담겨 곰삭아지길

응얼진 가슴 애피로 새겨진
한 세상 조각도 돌고돌아
무념무상으로 삭혀지리니

설운 사연 퍼 담는 바가지에
청매화 한웅큼 얹어줄 꽃선비
바람타고 꽃비로 내려와 앉는다

바보탱이 황새

자기가 법이라던 황새는
콩 알 하나를 물고 나른다

뒤에서 부르는 소리에
'나 여기 잘 날고 있어'
주둥이에 물고 있던 콩알을
그만 떨어 뜨리고 말았다

뒤 따르던 황새에게
눈길만 주면 될 것을
콩알을 놓치고 나서야
후회를 합니다

자식에게 필요한 것은,
비평가보다 본보기이다.

J. 주베르(Joseph Joubert, 1754〜1824)
프랑스의 작가겸 비평가
"가르친다는 것은 두 번 배우는 것이다" 명언으로도 유명하다.

잊지 않으려

햐, 벌써
나뭇잎 곁으로 그네를 맨냥
출렁이는 갈바람에 햇수를 헤아리고
세월은 곁을 지나
보이지 않는 그리움만
가슴 휘돌아 흐르기를

하늘 고운 빛처럼
깊어지고 싶은 바램
왠지 모를 미안함이 많아서
고마워서 사랑해서
숟가락을 같이 든 세월만큼
따숩게 보듬고 가렵니다

말이 없는 사랑

솥단지 달궈낸 뙤약볕도
선선한 바람에 철을 내어주는
순리

마당 감나무
무성한 잎 사이로
듬성듬성 내비친 볕이 곱다

때아닌 가을장마에
지난밤 구름이 달을 가렸다
둥근달의 의미를 알고 있으리니

물은 어머니 같이 천천히 씻겨주며 흘러가고
산은 아버지 같이 말도 없이 듬직하다
변하지 않는 사랑

척박한 환경에도 생명들은 꽃을 피우고
길이 없을것 같아도
어디든 떠나면 길이 있다고

물처럼

높은 곳을 향하여
권력과 욕망을 추구하는 사람은
더러운 냄새 분칠이여라
모든 사람은 아래에 놓이기를 싫어하지만
물은 반대라고
노자老子는 도道를 물에 비유하였다 한다
생명의 근원이 되는 존재의 말
늘 낮은 곳에 처하면서
남과 다툼 없는 물처럼

상선약수上善若水
오직 다투지 않으므로
허물이 없게 된다

몸과 마음에 덧칠로 분하였으리니
찬란히 비추인 아침 햇살에
마르고 비벼 털어지기를

형체 없는 도道
대비되는 물水
하심下心 입니다

젖은 낙엽

빛 바랜 갈잎
여기저기 흩어지니 애잔타

떨구어진 낙엽 사이로
갈 바람은 무시에 구멍을 내듯
옛적 그리움 토설인가
사연을 밟아 간다

홀연히 사라진 그리움
가을 빛 타작打作을 한다
황망히 흩어지는 낙엽 사이로
가을이 떨어진다

현실現實

평범한 일상
아침에 눈을 떴을 때
무의식과 만난다

곧,
의식의 물결이 이야기를 만들고
꿈을 꾸게 한다
어제 꾸었던 꿈의 연장이기도 하고
오늘 하나를 더하여
현실 하나를 믿는 훈련일지도 모른다

하면 된다

밝은 표정이 맑은 생각을
만들어 내는 연습을
열린 마음으로 젊은 정신을
가지고 있다는 것
빛이다 나에게

인생은 선이 아니다.
선한 생활이 인생을 선하게 만든다.

세네카(Seneca, BC 4~AD 65)
고대 로마제국 에스파나 코르도바 출신 후기 스토아학파의 철학자.

좋은 에너지

누군가와 얘기를 나눌 때
자신의 마음을
이해해 주는 사람

들어 주는 것
감정을 이해하는

말을 잘 듣는 것
관계의 시작 입니다

꽃이 되고 싶어

웃음으로 인사하는
정든 친구는
생각만 하여도
기분 좋아집니다

웃음 짓는 얼굴에
표정 하나하나는
늘 설레이는 심장에
사랑 꽃을 피웠습니다

궂은 날에도
맑음으로 피우리니
기다려 준다면
꽃으로 안기고 싶습니다

작은 소망

바람으로 그려가는
인생 팔랑개비
파랑波浪을 탄다

곡절마다 등장하는 이야기 다를지라도
역경을 넘어선 사람마다
무지개 꿈이 실어지길

걷기만 하여도 행복해지는
마음 빈 그릇에 담길 마음은
정情

안부

어찌 지내느냐
묻고도 싶지만
별일 없으리라는
생각으로 위안을 삼는다
잘 자고 잘 먹냐

그대를 알고부터 내가 컸어요

우연히 마주하게 된 인연
서로의 궁금증에 관심을 갖게 되고
호기심도 생기면서 자꾸 생각나는 사람
예쁜 말 예쁜 모습만 보여 주고 싶었지요

지금은 편해요
포장 풀고 생긴대로 느끼며 살지요
거추장스런 장식같은 단추는 달지 않았어요
좋으면 그만이지요

생명 있는 모든 것이 때가 되면
언젠가는 연기처럼 사라질 때 있겠지요
순리대로 살라고 말해줘서 고마워요
마음이 지금 그러라고 말을 하네요

사람됨은 그 사람의 행동거지에 의해 판단되는 것이지,
그 사람의 자기 소개에 의해 판단되는 것이 아니다.

아이작 싱어(Isaac Bashevis Singer, 2904~1991)
폴란드계 미국 작가 1978년 노벨문학상 수상.

도라지 꽃

옛날, 한 소녀가 한 소년을 사랑했다
소년은 멀리 공부하러 떠났다가
바다에 빠져 죽었다는 소식을 듣는다
소녀는 결혼도 하지않고 늙어 버렸다
할머니가 될 때까지
바닷가에서 그 소년을 그리워 하면서
죽어서 도라지 꽃이 되었다고 합니다

도라지 꽃 말속에 전설을 내것인냥
품는 밤
꿈속 같은 꿈이 올것만 같은
보랏빛 사랑을 틔우는
할망구 홍얼이 몽울몽울
공처럼 부풀어 오른다
첫사랑처럼

오늘 감사

견딜만큼 아팠으면 좋겠다고
외로움과 친숙해도 문제이련가
조금만 멀어져 내일을 보면 안될까
희망 작대기 웃고 살자는
구름 아래 글씨를 걸었다
기쁨 사랑도 넘치지 않게
외로움 슬픔도 견딜만큼만
오늘에 감사 기도

신앙信仰 1.

저마다
앙망仰望하는 믿음
믿고 의지로 살고 있으리니
순탄하기만을 바랄진데
바라던대로 되지 못하여
원망, 분노, 절망, 믿음이 흔들릴 때
밥도 물도 목에 넘길 수 없을만큼
아플때 슬플때 죽고 싶을때 있었다한들
고통은 없앨수도 떠날수도 없는
하루가 또 견딤 입니다

고통이 커지는 것은
받아들이지 못해서가 아닐까
하루를 견딤으로 살아낼 때
고통은 그 만큼만 바란다면
쓴 미소일지언정 입꼬리 올라가기를

신앙信仰 2.

행여
복이 나갈까 몸가짐 바르게
식솔들 살피느라
제 몸 살필 사이도 없었으리니
흔히 말하기를
십자가十字架 또는 업보業報라고 하지요
한 사나흘 죽어본적 있었던가
세상으로부터 스스로를 묶어 버렸는지도
엄살이 심했다고 고백하기를
삶이 종식되는 그 날까지
오늘처럼 같은 길을 가겠습니다

시들지 않는 꽃으로

사랑스런 꽃 때문에
하루의 즐거움과 감사로
잔잔한 일상 입니다

때로는 역마살이 솟구쳐 오를때면
궁평항 바람도 쏘이며
김영주 시인의 궁평항 싯귀를
주절거림으로 역마살을 잠재우고
정조대왕 숭고함이 깃든
융능 건능을 오르며 대왕의 효심을
용주사 절간 땅 딛음을 느끼며
우리네 자식들 효심을 가늠하곤 하지요

외로운데도 아닌척 하지요
소소한 가정의 일상
세상 가장 아름다운 아기 꽃
흠뻑 취하는 신비한 내음에
하루에도 하얀 면티를 네다섯 번은 갈아 입지요
아기 분유 토하는 냄새
세상 어느 향기에 비할까요

당신이 사물을 바라보는 방식을 바꾸면,
당신이 바라보는 사물이 바뀐다.

웨인 W.다이어(Wayne Walter Dyer, 1940~2015)
미국의 세계적인 베스트셀러 작자이자 가장 뛰어난 자기계발 전문가로
평가 받는 심리학자.

순리

구르미 해를 가렸다
입동을 서두른 듯
바람 불고 비가 온다
단풍잎 사이로
금새 해가 든다
제 몸 치장 마치고
바람을 기다린다

여유창창餘裕蒼蒼

장미에 가시가
왜 있는지를
좋은 향기를 남기고자 했던가

젊음의 호기를 부렸던
철 없던 시절마져도
참 소중한 인생사가 되고
지금에서야 돌아볼 수 있음이
감사하다

이제는 어지렵히지 않도록
그리 살다 지고 싶다
깨깟이* 소지하듯 대빗자루에
쓸어 모아지는 낙엽
봄에 틔울 자리를 내어 주고서
떨어진다

그리고
나더러 배우라 한다
떨어지는 낙엽의 아름다움을

*깨깟이 : '깨끗이'의 방언(강원, 전라, 충청, 평북)

죽은 나무

썩고 문드러지고
속이 숯 덩이처럼
새까만 멍이 들다 못해
가슴애피*가 생겼다고 말씀 하시는
할머님 세대世代와 어머니 세대
마치 명命을 다한 숲 가운데
죽은 나무를 봤다
우리들 삶이 아니련가

내가 죽어야
네가 산다는 공식
여기까지 알려면
한 오백년은 살아야

*가슴애피 : 가슴앓이 전남지역 방언

천냥 빛을 갚는 말

사는 동안
가장 아름다운 표현
사랑

퍼주는 맘에 행복함이
보살피고 아껴주는 배려로 보듬는
마음

조건도 권리도 없는
그런 마음 물 흐르 듯 살피는 것
관심

자화상

영혼의 눈물이련가
일그러진 얼굴에 담긴 서러움인가
바람에 흰 머리만 휘날린다

뒤돌아 보는 길
출렁이는 파도처럼 골이 패여버린 고난은
풍랑을 헤쳐나온 자욱이련가

자식 걱정 한평생 하였다는 자평自評인가
곱던 얼굴 주름꽃이 자글거려도
선택한 길이니 우직하게 걸을 뿐

맑고 화사한 봄날 보다는
바람불고 흐린 날 많았으니
훗날 기억해 줄 자식들 얼굴이 스친다

이렇게 늙어가며 사는 것도
지나고 보니 나쁘지는 않았다고
고귀한 사랑 헌신의 눈물꽃 아프다

내 봄날은 흐린 날씨가 많았으니
최선을 다하려는 길라잡이는
견딤이 아니였을까

이 세상에는 여러 가지 기쁨이 있지만,
그중 가장 빛나는 기쁨은 가정의 웃음이다.

페스탈로찌(Johann Heinrich Pestalozzi, 1746~1827)
스위스의 교육자이자 사상가.

묵은지

땅 속 깊은 온기로
익어가는 묵은지
소탈하고 정갈한 기다림

가난한 사랑이 빚어내는
삭혀지는 맛은
시간이 지나야 합니다

사랑가

임은 먼 곳에
사랑 꽃물 가슴에 달겨든다
보고지고 보고지고
생각난 것은 임 뿐이라
쑥대머리 귀신형용 적막옥방 찬 자리여
춘향 옥중가 한 대목

남원 춘향골 태생 아씨 사랑 놀이는
애닯고 그립고 섧디 설움 한 가득
사랑을 두고 아름답다 말할수 있느냐 되묻기를
호접몽이요 옥중고혼, 망부석, 상시목이라
절개 세워 가자는데

천 년의 사랑으로
손 내밀어 부여 잡아라
몇 광년*을 바라보는 사랑 꽃잎
피고지고 보고지고 태산 봉우리 겹겹이라
임의 영혼마져도 흡입하는 순수한 마음
춘향 향낭*에 피는 꽃 한 웅큼을 담는다

*광년 : 까마득히 오랜 세월
*향낭 : 향을 넣어 몸에 차는 주머니

꿈 어서 오소서

꺼멍 가슴팍에 내려앉은 빗님
휑한 가슴을 적시고
한떨기 꽃으로 오기까지
비바람 태풍 번개 천둥 몇 개쯤이야
아무렇지도 않은 듯
꽃비로 쓸어간 자리에 새움이 틀거라고
신념 하나 세워 간다

순리를 배우며 터득하는 체험은
내일의 꿈을 향하여
새움 돋을 자리를 내어준다

사람공부

너도
나도
생각과 관점이 너무도 다르다

긍정의 힘으로
마음을 나누라고
말은 쉽지요

사랑의 눈빛으로
가슴으로 사랑하자
매우 어려운 일

공부중에 가장 어려운 사람공부 마치면
세상공부 다 마쳤다 한다
이성과 감정의 연합聯合은 도인道人의 길

할 수 있을까요

콩깍지

어화둥둥
사랑이 춤을 춘다
한없는 사랑 주고파서
대문안 들어 오기만을

어여쁜 딸아이 넘겨 줄 때는
도둑놈 같더니만
시간이 약이 된 듯
새록새록 정이 든다

버선발로 내딛어 채비 하기를
씨암탉 잡아 줄테니
탁배기 한 잔 주고자 권하기를

백년 손님은 우리집 대문에
넙죽이로 절을 할까보더냐
어여 오시게나

내가 가진 것을 내주는 것은 조그마한 베풂이다.
나를 헌신하는 것은 진정한 베풂이다.

칼릴 자브란(Kahlil Gibran, 1883~1931)
레바논의 대표 작가 철학자. 화가. 소설가.시인 유럽과 미국에서 활동.

큰 오라버니

훌러덩 벗겨진 머리
반질반질 윤기가 자르르한
큰 오라버니

이마가 정수리를 향하여
뒷머리까지 아우토반 하이웨이
광택이 좋은 만큼
아버지 같은 역할도 척척

친정 아버지 소천하신 후
친정 어머니 당부 말씀이 생생하다
'큰 오빠를 아부지처럼 여겨야 한다 알것제'

두 자매
깍뜻한 예의와
언어 변화도 함께

정이 듬뿍 담긴
큰 오라버니
참 좋은 멋진 사람 맞지요

병아리 시인

표현의 자유가 많아서 좋다
무식하면 용감하다고
겁도 없이 쓰는 글이지만
애정어린 시선으로 토닥임 받기를
이런 사람이면 좋겠다

뜨뜻한 모유를 젖가슴에 품듯이
사랑스럽고 말랑말랑하게 늙고 싶은
염치가 조금 있고 지킬것 지키면서
사랑도 주고 정을 담고 품어내는
멋진 인생 케릭터를 찾고 있는지도 모른다

미완성 인생 이야기지만
꿈을 꾸는 병아리 시인
스스로를 위로하며 바랄 뿐
성실히 오늘처럼 내일의 꿈을 위해
한 조각 남은 젊음을 태우려 한다

어떤 그리움

워낙 빗소리를 좋아하는
그대
후두둑 비가 내릴때면
절로 생각이 난다

가랑비에 옷 젖는 줄 모른다더니
육순의 어린 아해는
밤 잠 설치는 날에
빗소리 들으며 꿈을 꾼다

허상虛像

도깨비 짓인가
비오는 밤 빗물도 꺼멍물로 스미고
어제의 맑음은 온데간데 없더라

껑충거린 일상의 뜀이 멈추고
허상은 깃털로 꿈을 비벼 오르건만
실상은 물먹은 멍석되어 날 수도 없다고

저 홀로 태우며 녹아 내리는
촛농이 뜨거워 하얀 눈물꽃 흐르는 밤
허상을 실상이 되기를 갈망하더냐

해벌쭉 웃으며 주절주절
삶을 알기를 원하는 사람
바보가 예 있도다

할미는 까치다리

어여 어여 오기를
할미 두 다리 키발 딛어 서성이고
대문 활짝 열어 성큼 오기만을

이쁜놈 안아 보겠다고
마음은 이미 공항 마중이라
집안 구석구석 땟갈나게 반지르르

꼬맹이 손 뻗어 닿을만한 물건은
벽장 속으로 유배 시키고
며칠을 손가락 놀려대며 흥얼 바람을 탄다

할배도 할미 따라 시늉을
사랑둥이 오기만을 채비하는
할미는 키다리 까치 다리라네

한 번에 두 켤레의 구두를 신을 순 없다.
죽어서 하는 기부보다 살아서 하는 기부가 더욱 즐겁다.

척 피니(Chuck Feeney , 1931~)
미국의 기업가. 박애주의자 생애 동안 80억 달러 이상의 재산을 기부했다.
1만 4000원짜리 시계를 차고 다니고 부인과 센프란시스코의 임대 아파트에
살면서 자동차와 집을 소유하지 않고 이코노미 클래스로 비행하는 등
검약으로 유명하다.

갈 길은 멀어도

한 자리 만들어 놓고 갈까부다
쉬엄쉬엄 가지도 못할거면서
힘이 들었다고 혼잣말을 한다

답안지 들고 가는 놈 어데 있더냐
가는 세월에 비뚫어진 양심 흘리지 않고
주섬주섬 챙기며 놀다 가자는데

혹여 마음에 무거운 짐 있거들랑
바람에게도 한 짐 실어주고
남거든 싫다 말고 보듬고 가소서

삶의 길이 다 그런 것
근심 걱정 실타래 같지만
튕겨 버리소서

차고 있는 고름 주머니 시름도 내려 놓기를
울고웃는 사람사는 세상 다 그렇다는데
갈 길 멀었다 서두르지 말고 놀다 가소서

필통 연가

새로운 마음 가짐
분홍천 작은 필통안
연필 한 자루와 지우개를 담는다

희망을 노래하고
행복을 숙제로 받아 든다
꿈을 적어 꿈나라로 여행을

자유하라
즐기면 모두 행복이라고
꿈결 소리 들려 온다

모두가 함께 걸어가는 길에
지우개와 연필이 마주한다
잘못 씌여지면 지우개가 나선다
행복만 쓰라고

가슴 뛰는 삶

콩닥콩닥
가슴이 뛴다
희얀한 징조는
늘 배가 고프다는 삶의 외침인가

모가지를 비틀어도
새벽 닭은 어김없이 울고
세상 이치 자명함을
숙연肅然으로 받아 품기를

저 멀리 동트는 새벽은
만가지 고마움으로
지난 날 희뿌연 안개도
쨍쨍한 햇볕으로 거두어

밝은 날이
오늘부터라고
배고픔이 빚어 놓은 꿈
살아가는 이유가 된다네

잉태

기쁨이련가
환희이련가
오지게 비가 온다
가뭄 해갈을 위하여

흐드러진 지천의 꽃 향기는
빗방울에 튕겨져 물안개와 짝을 이루고
바람이 꼬셔 흩날리던 꽃잎도
어우러지는 궁합을 뽐내는 봄

연둣빛 이파리 사이에
삐쭘히 내민 꽃몽울 화사한 미소로
희망을 이루는 잉태여라

시나브로

질펀나게 놀다 가려는가
아니면
잽싸게 재촉하여 가겠는가

해넘이 아쉬워
그림자도 백척 장승이 되고
허송세월 탓한들
거꾸로 가는 세월을 보았는가 되묻기를

삶 구빗길 많아 궂은 날 많다고
뒤돌아 보는 길도 밥 그릇 분쟁인가

해넘이 노을빛이 아름답다는 것을
이제야 깨닫기를
잔등 휘여질 고뇌도 숨 고르기 한다면

생의 찬미가 절로 터질것 같은
느림의 미학이 좋은 걸
말 하고 싶은데 어떡하지

남의 말을 경청하라.
귀가 화근이 되는 경우는 없다.

프랭크 타이거(Frank Tyger, 1929~2011)
미국의 만화가 칼럼니스트 및 유머작가.

안녕 주정뱅이

취기 오른 얼굴에
별들이 와르르
미리내*는 흐르고
황홀 요지경 세상은
온통 내것된 냥
주정뱅이로 살고자 하거늘
술 텀벙 물 텀벙
분간을 못한다고 누가 그러던가요
주정뱅이니까 천지분간도 잘 한다고
말 좀 거들어 주시오

술에 물을 타도 모르는
천치는 아닙니다
그냥 살다보니 이래저래 한 잔이
술을 부르게 되었다 하니
그놈의 속내 썩어지고 문드러져
모양도 없더라만
누군가
내려 놓으라
귀엣말로 후벼온다
안녕 주정뱅이

*미리내 : 은하수銀河水의 방언(제주)

싱그러운 5월

오월 푸르름에 부조로 어우러진
봄 비
푸지게도 부어준다
온 죙일 빗님이 구르는 소리
졸졸 또랑 따라 흘러 가고

산야의 푸르름이 커가는 오월이
달콤한 목마름을 축인다
깊은 땅 속 순수 물
내공으로 흡입하는 뿌리는
새 돋음 잎새가 무성해지길

말도 안되는 소리

갑자기 죽는다면
내가 죽는다고

밑도 끝도 없는 생각이 이렇다고
그럼 내 죽음 앞에
뜨거운 눈물 흘려 줄 사람
몇이나 될까

나를 기억해 줄 사람은
몇이나 될 것 같냐고

갑자기 머릿속이 휑하다
몇 명은 아니여도
한 명이라도 있음 다행이다 싶은데
과연 나는 잘 살고 있는 것일까

출렁이는 달빛 연가

출가한 여식이 보고 싶어
대전에 갔다 전주로 향하는
내 수레가 호남 고속도로를 밟는다

검푸른 밤하늘
떠오른 상현달 벗 삼아
달리고 달린다

인생 터널 구비져 돌고 돌아본들
그 자리 뱅글뱅글
둥둥 떠오른 굴곡진 이야기도
메들리 타령에 넋을 실어 흥얼댄다

늘 그러하듯
쓴맛 단맛 내것된냥 가락을 탄다
가속페달 밟는 야심한 달빛 사랑은
밤 이슬도 새벽 별과 함께 스러진다

어머니

가만가만
생각 창을 두드립니다
가슴 담겨진 그리움 보듬고
어머니와 마주 합니다

희미하게 떠오르는 당신 모습은
헌신의 등봇짐이 동산을 이루었지요
포근하고 살풋한 정이 많으신
당신의 자리에 딸이
어머니의 명찰을 달았습니다

어머니가 걸으셨던
그 길 위에
덩그러니 홀로 당신의 영혼과 함께
걷습니다
그리움 입니다

절망하지 마라!
종종 열쇠 꾸러미의 마지막 열쇠가 자물쇠를 연다.

필립 체스터필드(Philip Dormer Stanhope Chesterfield, 1694~1773)
18세기 영국의 정치가이자 외교관이였으며 저술가로도 명성을 날렸다.
(내아들아, 너는 인생을 이렇게 살아라.을유문화사)등이 있다.

꽃 늪의 배

보이는 것에
생각이 머무는 아침

망각의 늪에 배 띄워 즐겨하기를
조각구름 사연 두려워 말자고
마음이 머무는 곳 도솔텬*으로
어제의 두려움은 온데간데 없더라

그저 마냥 흐놀려
함께 안아 보기를
기쁨 소망 희망이 노래되어 울려지길

*도솔텬 : 도설천의 옛말, 하늘 사람들이 산다는 곳 천국

초경

고놈 빨그스름* 피우느라
그 겨울 시리게 보냈을터
숫처녀 젖 몽울
도화향桃花香 아직 멀었다

입춘 모퉁이에 삐쭘히
초경을 치르는 수줍움
붉어서 곱고 먼저 피어나니
첫사랑이 아니겠는가

*빨그스름 : 조금 빨갛다

생존

세상은
가만히 있는 것이 아니다
하루를
잘 보내야 하는
책임과 의무가 있는 것

아프지 않고
의식이 있는한
배워야 한다
건강히 살 수 있는
방법이기 때문이다

메모

끊임없이 노력하고 살아가는
사람의 삶은 각양각색
지혜있는 사람은 남을 보고 깨우쳐
현명함을 배워야 하는
교훈입니다

게으른 정신에 촛대가 된다
두서없이 말 주머니 흘려 놓기를
기억 없는 말보다
메모가 낫다고
뼈대 있는 정신 아닐까요

푸념

배고픈 내 사랑은
어디쯤 오고 있을까
그리움이 짙어 질수록
가슴은 숯 덩이처럼
타들어가야 사랑이지요

보고픈 사람
죽는 날까지
가슴에 묻고 사는 것
어쩌면 행복 아닐까요

하루에도 조석 변덕인 나는
두려움에 멀리 했을지도 모른다
그런데 꿈은 꾸고 싶어요

어리석은 사람은 밖으로 드러나 보이는 자신의 외모를
자랑하지만, 지혜로운 사람은 본성에 더욱 신경을 쓴다.

발타자르 그라시안(Baltasar Gracian y Morales 1601~1658)
에스파니아의 작가, 프랑스의 모랄리스트들의 선구자가 되었다.

슬픔

삶이 그러거든
슬픔 없는 삶은 인생이 아니다
슬픔, 고뇌, 외로움, 사랑
삶을 지탱하는 요소이다

누구나
혼자만의 그 무엇이 있다
누구에게도 꺼내 놓지 못한 사연이
자신을 만들어 가는 동력이다

결혼

안보면 죽을 것 같고
도저히 헤어질 수 없는
그런 사람이 있을 때
결혼 하는 것
진정한 사랑입니다

등으로 짊어지면
짐이 되지만
가슴으로 안으면
사랑이 된다고 합니다

얼굴에는 미소
가슴에는 사랑
마음에는 여유

천사

아가의 맑은 눈
해맑은 웃음
참 예쁘다

아가의 숨 소리
부드럽고
참 듣기 좋다

마음이 편해지니
자꾸 안아보고
만져 주고 싶다

공수표

몇 해 전 나는
입버릇처럼 말했다
손주가 태어나도
절대 아기 안봐줄거라고
그런데
지금 아기와 씨름하는 할미
오랫만 지인이 통화 중
'신세 조졌네 그랴'
입가에 미소가 절로 난다
어쩔수 없는 나는
이유식에 공을 드리니
말이 되지는 않지만
공수표도 나름인가

딸 1.

애지중지
온 맘 다해 키운 딸이
시집을 갔다

백년손님 손에 붙들리어
뒤도 돌아보지 않고
신혼여행을 떠났다

지들 좋아서 선택한 길
흥정도 없이
공짜로 줘 버렸다

허퉁함
예전에 미처 몰랐다
어머니 생각에 그만 눈물이 펑펑

길을 찾을 수 없다면 만들어라.

한니발(Hannibal Barca, BC247~BC183)
고대 카르트 하다쉬트(카르타고)의 장군
인류 역사상 최고의 명장 중 한 명으로 꼽힌다.

딸 2.

어미는
잘난것도 없단다
부자가 아니여
힘들때
뭔가 주고 싶은데
가진것이라곤
미안한 마음 뿐

부부

어여쁜 아내의 노고에
사랑한다는 말 꽃이 수북하다

마주보는 눈빛에
당신 있어 행복 하였소
따뜻함 고여든 시선에
반세기를 동거동락

바라만 봐도
싫고 좋고가 있겠냐만
초로인생에 둘 뿐

책임지라는 말보다는
먼저 솔선수범
내가 데리고 사는것이 낫겠다

인내

삶은
우여곡절이 있어야
들어줄만한 이야기라고

오늘 터벅대며
걷는 길이지만
미소 지으며 걸어 봐

행복이 동행하고 있음을
믿고 가는것도
한번 해 봐 괜찮거든

메세지

지금 행복하라 합니다
무슨 일이든 감사하라 합니다
누구나 참 소중한 당신입니다
나눌 것이 너무 많음은
주인공이 된다는 것

잠깐의 화려함을
뽐내는 꽃들에게
기죽지 말고
그냥 담대하게 걸어 봐

시련

길 한가운데
깊은 구덩이
그 곳에 빠졌습니다

어떻게 할 수도 없는
상황
그것은 내 잘못이 아니였습니다

다만
빠져 나오는데
오랜 시간이 걸릴 뿐

비로소 눈을 떴습니다
스스로 극복하는 거라고
시련도 훈련이니까

끊임없이 떨어지는 물방울이
바위에 구멍을 낸다.

루크레티우스(Lucretius Carus, BC 96~BC 55)
고대 로마의 시인,유물론 철학자이다.
모든 생물발생의 가장 큰 특징은 유기체의 생식 과정이고, 식물이나 동물의
모든 종은 자연법칙과 변화과정을 보여주는 모델이라고 주장 했다.
이는 나중에 다윈의 자연도태설을 탄생하게 하는 동기가 됐다.

역경

무엇을 볼 것인가
역경 그 너머의 축복을 보라

습관에서 번뜩이는
좋은 생각을 잡아라

인생 꽃을 피우려는 뜰
바로 나 입니다

아우르는 인생은
내가 정원사가 되어야 합니다

정치

자꾸 수그러진다
너그러운 배려는
내려 놓음에서

내 방식 중심 사고
탈피는 적폐청산
의식 혁명을 부르짖으며

성질 난다고
난장판 만들면
그것이 내로남불이지

성깔머리 죽어드니
좋은 일
잘나 보이고 싶으면 고쳐봐

혼돈

무엇을
어떻게
누리며
살아갈까

생각이 머무는 그 곳에
삶의 무게가 있다

추구하는 삶의 질량質量
수고로움 인생수레
헛되지 않기를 바란다면

혼돈속에 공허함이 흑암으로 뒹구는
자아自我를 건져 봐
정신 톱니바퀴 기름칠 하라고

잘 될거야
해 보면 알아
당근과 채찍이거든

한번만

새하얀 목련꽃 흐드러진 새벽
그대 곁에
그림자로 잠시 누워 본다
빗물로 적셔두고
그대를 훔쳐 적셨다
보고 싶다는 이유로
홀연히 떠나는
나는 빗물이여라

껌

한여름 아스팔트 위에
늘어지게 붙어있는
껌을 봤니
난 봤거든
지독한 껌딲지던데

고독을 알어
난 조금 알아
고독은 찔기다
씹히는 감촉이
쇠심줄 같거든

해가 뜬다

걸어서 오르다 지쳐오면
두 발이 아닌 네 발로
희망을 노래하며 벙글어진
마음를 썼다

그러다 보니 이야기가 되는거야
정처없이 떠도는 생각도
아픔에 끄을린 꺼멍 가슴에도
꽃이 피기 시작했어

메이지도 가두지도 말자고
무식하면 용감하다고
훌훌 벗어버린 수많은 이야기
종이 한 장에 눌러주는 낙관

해가 뜬다

왜 사는지 말해줄께

가슴 꽉 찬
세상 무엇과도 바꿀 수 없는 것
내 연민이더라

벗는다고 씻긴다고 없어지는 것
진짜 아니던데
그래서 바꾼거지 생각을

내가 자주 쓰는 물건들
손때가 묻어 더러운데도
그것을 못버리겠더라

새 물건 보다는
헐고 낡은 물건이 좋아서 사는지도 몰라
더러운게 정이라고 그런거야

꿈 너머 꿈

샹그릴라
동파문자
목부궁궐
옥룡설산
잃어버린 지평선*

원난성
살고 지는 산골짝 문명이 있을 리가
사람 행동을 그림으로
동파문자 흥미진진
그들만의 언어 글이 되었다

창조였다
샹그릴라

세월은 오는것도 아니지만
세월은 가는것도 아니다
잠시
'나' 라는 씨앗이 시간의 존재속에
흩어진 바람처럼 머물다 갈 뿐
잊혀진 삶 일지라도 꿈을 꾸는 오늘

우리의 샹그릴라는 무엇일까

*잃어버린 지평선 : 미국인 생물학자 조셉 록이 중국 리장에 28년간 살면서 남서부 중국 지방과 티벳 국경을 탐사한 기록을 토대로 영국의 소설가 제임스 힐튼에 의해 1933년 발표한 창작소설이다. 잃어버린 지평선에 나오는 샹그릴라는 지상의 이상향으로 그려지다.

편|집|후|기

사실 다른 이의 시집을 편집하기를 여러번 해보았지만 이리 후기를 써보기는 처음이다.

여울아라란 여울=갯물 아라=바다 의 고어로써 갯물에서 소소하게 흘러 바다로 흘러 힘을 합쳐 큰 뜻을 이루자는 데 의미를 두고 15란 2015년 부터 활성하되었다는 의미를 갖는다.

사실 정랑은 활기차고 뚝심이 강하다는 것은 처음 올린 작품을 보고 느꼈다. 서예를 하고 드럼을 치고 시낭송을 하니 다재다능한 예술의 끼를 품고 있는 것은 확연하다.

현대예술이 모더니즘을 탈피하여 포스트 모더니즘으로 가고 있기에 더욱 그러한 끼를 활용하여 남겨진 여생일랑 즐겨보라 권하고 싶다. 요즘 세계의 예술 추세는 7080이 되어서도 뒤늦게 자신의 재능을 찾아내어 유명해진 시인 화가 등등 수없이 많다는 것이다.

여기에서 나는 여울아라 회원들에게 성장하는 모습으로 삶을 즐기라고 권하고 있다. 시를 토해낼 때 남에게 자랑하려 말고 내 마음을 토해내 비우고 또 새로운 것을 채우며 성장하자고 권하고 있다.

코로나도 이젠 서서히 걷혀갈 것이다. 설령 인류와 함께 공생할 것이라고도 한다. 여하튼 우리의 삶은 늘 행복할 수 없다. 또한 늘 불행할 리도 없다고 나는 생각한다.

그동안 자본주의 체제에서 "돈이면 최고다"하는 생각들 속에 대부분이 돈에 매달려 살아왔기에 자신의 진정한 존재를 모르고 일생을 마친 이들이 대부분일 게다

정랑도 처음에 글을 올릴 때는 그런 생각을 벗어나고파서 인지는 몰라도 글이 무겁게 느껴졌다. 자신을 나타내지 못하고 남에게 보이고픈 위세? 의 힘이 가득 실리기도 하였던 기억이 난다.

그러나 최근에 올린 작품은 봄을 맞이한사춘기 소녀처럼 활기가 차 있다. "봄향기"에서

> 산야에 흐드러진 작은 꽃망울은
> 임의 향기 즈려 놓은 자리
> 아리따운 여인이 거두어 따를까 봅니다

로 끝맺음을 한다. 스스로 거두겠다는 의지가 돋보일 만큼 적극적인 모습은 많은 이들에게 의지하기 이전에 스스로 노력하자는 메시지가 가득하지 않은가 생각을 해본다.

또한 "마약 같은 사랑"에서 삶의 겸허함을 말해주기도 한다. 요즘 시를 쓴다하면서 떫은 감 맛 나는 미완성된 인격체를 탈피한 멋진 마음이 아닐까?

물은 말이야
높은 곳에서 낮은 곳으로
바람은 말이야
낮은 곳에서 높은 곳으로

흔하디 흔한 자연의 현상에서 순리를 따르자는 겸허한 자세는 또한 얼마나 고귀한 품격이련가 말이다.

사람들은 흔히 소통을 하자며 자신의 이야기만 들어달라 하는 경우가 흔할 게다. 여기서 정랑은 일침을 가한다. "좋은 에너지"에서

말을 잘 듣는 것
관계의 시작입니다

여기에서 그치는 것이 아니다; 물론 살아온 경험에서 조용히 말을 던지는 모습은 남원 춘향골 태생이란 긍지를 갖고 한마디 던진다. "여유창창"에서

쓸어 모아지는 낙엽
봄에 틔울 자리를 내어 주고서
떨어진다

낙엽이란 흔히 지는 것이라 할 지는 몰라도 그 낙엽이 있어 다음 해 봄에 피어날 새 생명들을 위하는 거룩한 마음은 아마도 독실한 신앙에서 우러나온 것이 아닐까 한다.

누구나 사랑하면 아하 그것 할지는 모르겠다. 허나 나는
사랑이란 소유하는 것이 아니라 서로 성장해야 오래 버틸
수가 있다고 늘 회원들에게 이야기 한다. "사람 공부"에서

　　　사랑의 눈빛으로
　　　가슴으로 사랑하자
　　　매우 어려운 일

사실 사랑만큼 쉽고도 어려운 일이 있을까 하지만 사람을
공부하자는 제의가 눈길을 끈다.

"부부"란 무엇일까 한다. 나는 여기서 "빵" 터지고 말았다.

　　　책임지라는 말보다는
　　　먼저 솔선수범
　　　내가 데리고 사는 것이 낫겠다

어쩌면 정랑은 이 한마디를 하고 싶어 시를 쓰기 시작을
했는지도 모를 일이다.

나는 늘 어제에 얽메이지 말고 오늘에 최선을 다한다면
다가서는 내일을 즐겁게 맞이할 게라 주절주절 떠들고는
한다. 내일에는 "해가 뜬다" 살아 있다면 해를 볼 수 있다.

　　　메이지도 가두지도 말자고
　　　무식하면 용감하다고
　　　훌훌 벗어버린 수많은 이야기

종이 한 장에 눌러주는 낙관
해가 뜬다

시를 쓰기 시작한 것이 2017년으로 기억을 하고 있다.
나는 늘 회원들에게 스승이라기 보다는 그냥 반발자욱 앞
서가는 동지일 뿐이라고 말하고 있다.

시를 쓰고 읽는다는 것은 삶을 토하고 채우는 즐거움으로
대하자는 나의 뜻에 함께해주는 정랑은 회원 중
여울아라15에서 처음 시를 시작한 대부분 중에 첫번째
시집을 내겠다 하며 앞에서 깃발을 치켜들고 무식하면
용감하다고 큰 소리내니 그 또한 감동의 울림이렸다.

2022. 4. 30. 리더 김중열 쓰다

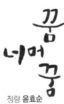

정랑 **윤효순**
첫 번째 시집

인　　　쇄	2022년 5월 16일
초 판 발 행	2022년 5월 16일
지　은　이	윤효순
펴　낸　곳	도서출판 보림에스앤피
펴　낸　이	채연화
출 판 등 록	제 301-2009-116호
주　　　소	(우)04624 서울 중구 퇴계로 238 (충무로5가)
전　　　화	02-2263-4934~5
팩　　　스	02-2276-1641
전 자 우 편	wonil4934@hanmail.net
디자인·제작	(주)보림에스앤피
정　　　가	9,500원
I S B N	978-89-98252-61-8 (03800)

＊잘못된 책은 구입한 곳에서 교환하여 드립니다.